In 27, 1684

VIE

DE

SAINT ROCH,

CONFESSEUR.

VALENCIENNES,

IMPRIMERIE DE A. PRIGNET, RUE DE MONS,

1849.

VIE
DE SAINT ROCH,
CONFESSEUR.

AINT Roch, si célèbre dans toute l'Europe chrétienne par l'éclat de sa sainteté, et par l'efficace de son secours contre la contagion, était du Languedoc d'une famille distinguée par sa noblesse, par ses grands biens et par ses emplois. Il naquit à Montpellier vers l'an 1284. Son père nommé Jean, que quelques-uns ont cru Seigneur de la ville, n'en était que Gouverneur sous les Rois de Mayorque de la maison d'Arragon, qui tenait alors cette ville, et son territoire en fief, relevant de la couronne de France. On le regarda dès sa naissance comme un don du Ciel, et comme le fruit des prières de ses parents, qui n'ayant jamais eu d'enfans, et se trouvant sur l'âge, eurent recours à la sainte Vierge, à laquelle ils étaient fort dévots, et la supplièrent par de ferventes prières de leur obtenir de Dieu un héritier qui fît un saint usage de ses biens, et qui fut tout dévoué à son service. Leurs vœux furent exaucés. Notre Saint fut cet enfant de prières, et l'on remarqua qu'il vint au monde marqué d'une petite croix rouge sur l'estomac. Toutes ces circonstances le rendirent encore plus cher à ses parents. Sa mère nommée Libère, une des plus vertueuses Dames de son temps, les prit pour un présage de la sainteté de son fils, et cette pieuse prévention la le fit veiller avec encore plus de soin à son éducation, et elle mit toute son application à lui inspirer dès le berceau la piété chrétienne et une dévotion tendre pour la sainte Vierge. La vertueuse mère s'aperçut bientôt que la grâce avait prévenu ses intentions, en prévenant son fils de ses plus douces bénédictions, avant même que l'âge l'eût rendu capable de profiter des instructions de sa mère. On s'aperçut qu'étant encore à la mamelle, il ne tétait le mercredi, et le samedi qu'une fois par jour, et il observa depuis ce jeûne toute sa vie.

Sa tendresse envers la sainte Vierge fût encore l'effet miraculeux de la prédilection de la Mère de Dieu, c'était assez pour l'appaiser ou pour le réjouir que de lui montrer l'image de la sainte Vierge; aussi fût-il toute sa vie un de ses plus chers favoris et l'un de ses plus fidèles et plus zélés serviteurs. Un cœur formé pour la piété, des inclinations portées naturellement, pour ainsi dire, à la vertu, lui firent passer ce premier âge dans une innocence très-rare. Ayant perdu son père et sa mère à l'âge de vingt ans, il se vit le maître d'une très riche succession; mais il soupirait après un plus précieux héritage. Considérant ce dénuement parfait que le Sauveur exige si expressément de ses disciples, et dont tous les Saints nous ont donné de si grands exemples, il résolut de les imiter. Il distribua aux pauvres le plus secrètement qu'il lui fût possible tout ce qu'il put tirer de ses biens; l'âge ne lui permettant pas d'en distraire les fonds, il en laissa l'administration à un oncle paternel qu'il avait et s'étant déguisé en pélerin, il se dérobe à son pays, et prend le chemin de Rome.

La qualité de pauvre qu'il avait prise, l'obligea de faire son voyage en mendiant son pain. La délicatesse de son âge, et de sa complexion mit sa patience, et sa mortification dans d'étranges épreuves; mais son amour pour Dieu le soutint. Etant arrivé à Aquapendente, ville de Toscane appartenant à l'Etat Ecclésiastique, il apprit que la peste y était très violente, et qu'elle y remplissait tout de deuil. Pressé par un vif désir d'assister les pestiférés, et de faire le sacrifice de sa vie dans cet exercice héroïque de charité, il alla s'offrir au sieur Vincent, administrateur de l'hôpital, pour servir les malades. L'administrateur charmé d'une charité si généreuse, le trouvant si jeune, et si délicat, loua son zèle; mais il ne crut pas qu'il fut de la prudence de le laisser s'exposer à la contagion. Notre Saint lui répondit que la grâce suppléait à la force; que la charité était de tous les âges, et de toutes les conditions, et qu'il serait trop heureux de pouvoir donner sa vie à l'âge de vingt et un ans pour l'amour d'un Sauveur qui était mort pour lui à l'âge de trente-trois. L'Administrateur admirant des sentimens si généreux, et si chrétiens lui permit de servir les malades. Dieu bénit une si héroïque charité; Saint Roch ne se fut pas plutôt mêlé avec les pestiférés, que la peste cessa dans la ville. Apprenant que la contagion faisait d'horribles ravages à Cesène ville de la Romagne, il y accourut. Sa charité s'y fit autant admirer qu'à Aquapendente, et sa seule présence délivra la ville de ce triste fléau. On eut dit que la peste fuyait devant lui. Partout où il passait, on voyait la même merveille: Chacun voulait voir le Pélerin, et le bruit courait même que c'était un Ange.

Le désir qu'il avait eu d'aller à Rome en partant de Montpellier, se réveilla dès qu'il apprit que cette ville était attaquée par la peste Il s'y rendit lorsque le Pape Benoit II était sur le point de partir pour aller à Pérouse. L'arrivée du Pélerin, dont la merveilleuse charité faisait tant de bruit, consola cette ville affligée. Le Cardinal Britonique, l'un des plus saints Prélats de son temps, voulut le voir. Il entendit sa confession, le communia et découvrit en lui ce fonds de sainteté qui était la source de tant de merveilles. Il le pria d'employer son crédit auprès du Seigneur pour délivrer la ville d'un si grand fléau. Saint Roch ayant fait sa prière trouva que Dieu l'avait exaucée, et invita le Cardinal à rendre à Dieu de très-humbles actions de grâce. Le fait rendit plus éclatante la vertu du Saint, en prouvant l'efficace de ses prières. Le Cardinal voulut qu'il baisât les pieds de Sa Sainteté; Roch prosterné devant le Vicaire de Jésus-Christ, lui demanda sa bénédiction, et l'absolution de ses péchés. Le Pape frappé d'une lumière miraculeuse, dont son corps rejaillissait: vous n'avez pas besoin, mon fils, lui dit-il, de notre absolution, mais nous avons besoin nous-mêmes du secours de vos prières. Lui ayant demandé ensuite d'où il était, et quelle était sa famille, le Saint se tut, et le Pape ne voulut pas le presser davantage. Il passa environ trois ans à Rome dans les exercices de la charité, à laquelle il s'était dévoué, et après avoir satisfait sa dévotion, il sortit de Rome, et revint dans cette partie d'Italie qu'il avait déjà parcourue, continuant de servir les malades, et délivrant de la peste les lieux où il passait.

Après avoir passé quelques années en Lombardie dans ces exercices heroïques de charité, il apprit que la ville de Plaisance était affligée d'épidémie, qui est une peste populaire, causée par la corruption de l'air, dont personne ne peut se garantir; il s'y rendit, et se renferma dans l'hôpital, y pansant les malades selon sa coutume. Mais Dieu pour éprouver, et purifier encore sa vertu, permit qu'après avoir souffert tant de fatigues pour eux, il se vit lui-même de leur nombre, et dans le besoin de l'assistance d'autrui.

Accablé de travail et de sommeil durant une nuit, il s'endormit profondément ; mais à son réveil il se sentit attaqué d'une fièvre très ardente, avec une douleur à la cuisse gauche si violente, qu'elle l'obligeait à jeter les hauts cris. Il regarda son mal comme une véritable faveur de Dieu, et il ne cessait de lui en témoigner sa reconnaissance. Quoique la violence de son mal ne pût pas troubler sa tranquillité, la douleur qui était extrême l'obligeait de jeter des cris, dont les autres malades de l'hôpital pouvaient être incommodés. La charité qu'il avait pour les autres le porta à se faire mettre dehors. On eut peine de le voir couché à terre, exposé aux injures de l'air. On le pressa de souffrir qu'on le rapportât sur un lit ; mais la délicatesse de sa charité fut invincible. La crainte qu'on eut que son mal n'infectât la rue où il était, obligea les bourgeois de le faire sortir de la ville. Le Saint ravi d'aise de se voir ainsi chassé, s'appuyant sur son baton, se traina avec beaucoup de peine jusqu'à l'entrée d'un bois voisin où il trouva une petite hutte. La joie qu'il eut de se voir chassé des villes, accablé de douleurs, sans secours, dans une affreuse solitude, lui rendit ce séjour délicieux. Mais Dieu prit soin de son serviteur. Il fit sortir miraculeusement auprès de sa cabane une source d'eau vive, qui dure encore, et à laquelle Dieu a donné une vertu merveilleuse pour préserver de la contagion. Il en but, et après avoir lavé sa plaie, il se trouva beaucoup soulagé. il fallait trouver de quoi vivre, et Dieu y pourvut.

Il y avait à deux ou trois cents pas du bois un château où s'était retiré un Gentil homme de Plaisance nommé Gothard durant le temps de la contagion. Un jour étant à table, un des chiens de sa meute enleva un pain, et s'enfuit. On ne fit pas beaucoup d'attention à ce vol. Le lendemain Gothard étant encore à table, le chien vint faire la même prise. Le Gentil homme crut qu'on laissait mourir de faim ce chien, et gronda fort celui qui était chargé d'en avoir soin. Celui-ci eut beau protester que rien ne manquait à la meute, il ne fut pas crû. Mais le troisième jour le chien ayant encore enlevé un pain de dessus la table, on le suivit, et on s'apperçut qu'il portait le pain dans la hutte, et que l'ayant remis au Saint, et l'ayant flatté de sa queue, il s'en retournait. Gothard averti d'un fait si surprenant, alla voir l'homme de Dieu, et charmé de sa douceur, de son humilité, de sa patience, et de cet air de sainteté qui brille toujours dans les Saints, lui demande qui il était, et pourquoi il s'était retiré dans cette hutte. Le Saint lui dit qu'il était frappé de la peste, et qu'il le priait de se retirer. Le Gentil homme obéit; mais à peine fut-il chez lui, que se reprochant sa faiblesse, il retourne vers le malade, et lui déclare qu'il a résolu de ne le point abondonner. Vous êtes heureux, lui répond le Saint, d'avoir si promptement obéi à la voix de la grâce ; Dieu vous appelle à la solitude, et il veut que vous quittiez tout pour ne servir plus que lui. Gothard reçut cet oracle comme un ordre du Ciel, et se trouvant tout changé, lui demande ce qu'il avait à faire. Dieu veut, répond saint Roch, que vous vous habilliez de mon habit de Pélerin et que, pour rompre pour toujours avec le monde que vous n'avez que trop servi jusqu'ici, vous alliez en cet état demander l'aumône à Plaisance. L'épreuve était rude, Gothard s'y soumit. et après avoir essuyé les huées des enfans, et les reproches de toute la noblesse, il revint rassasié d'opprobres, retrouver son jeune Directeur. Une action si généreuse faite pour Dieu fut bientôt suivie de la récompense. Le nouvel Hermite se trouva tout changé, et ayant renoncé aux emplois, et à tous les avantages qu'il possédait, il se consacre au service de Dieu seul le reste de ses jours dans la retraite. Cependant saint Roch accompagné du nouveau Solitaire, va à Plaisance, et faisant le signe de la croix dans toutes les rues, et à l'hôpital, guérit sur l'heure tous ceux qui étaient frappés de la peste, et délivra la ville de ce fléau. Un prodige si éclatant fait crier tout le monde au miracle. On court en foule après lui, et on l'accompagne comme en triomphe jusque dans sa cabane. Sur le chemin il ouït une voie du Ciel qui lui disait: *Roch, vous voila guéri ; retournez en votre pays, où vous devez donner des nouvelles preuves de votre patience.*

Un homme d'une grande piété qui se trouva dans la foule ayant entendu cette voix, vint se jeter aux pieds du Saint, et l'appelant par son nom, se recommanda à ses prières. Saint Roch qui n'avait jamais dit son nom à personne, fut étonné de s'entendre nommer par son

nom, et lui promit que lui, et sa famille, et tout le pays
seraient préservés désormais de la contagion, pourvu
qu'il ne dit jamais à personne ce qu'il venait d'entendre
jusqu'à ce qu'il eût appris sa mort.

Après que notre Saint eut recouvert si miraculeusement la santé, et qu'il eut suffisamment instruit et
fortifié son hôte dans sa généreuse entreprise, il reprit
le chemin de la France en habit de Pélerin, et en
demandant l'aumône. Il était si extenué, et si changé
qu'étant arrivé dans un village de son ancien domaine,
comme alors tout était plein d'hostilités, et de soup-
çons à cause des guerres, il fut pris à sa mine étran-
gère comme un espion, et conduit comme tel au
Gouverneur de Montpellier, qui n'était autre que son
oncle, qui avait succédé dans cette charge au père de
notre Saint. Comme il ne voulut jamais dire qui il était,
on ne douta plus que ce ne fut un espion. Il fut fort
maltraité, et condamné par le Gouverneur à une prison
perpétuelle.

On ne peut dire quelle fut la consolation spirituelle,
et la joie intérieure que sentit notre Saint quand il se vit
enfermé dans un affreux cachot, et traité avec tant de
mépris dans son propre pays par son oncle même. Ces
paroles de l'Evangile où il est dit, que Jésus-Christ
étant venu dans son héritage, il ne fut point reçu par
les siens : *Et sui eum non receperunt*, le consolaient
merveilleusement. Ses entretiens n'étaient plus qu'avec
Dieu, et il passait le jour et la nuit en prières. Comme
si l'obscurité, et la puanteur d'un cachot étroit, et plein
d'insectes n'eussent pas suffi pour exercer sa patience,
il ajoutait de continuelles austérités à la rigueur de son
état. Il ne se nourrissait que de pain et d'eau, et encore
avec mesure. Son désir de souffrir pour l'amour de
Jésus-Christ, toujours plus ingénieux, lui suggérait
sans cesse de nouvelles industries pour macérer son
corps, et sa vie était un continuel martyr.

Saint Roch passa cinq ans dans ces cruelles humi-
liations, sans que personne pensât à lui procurer
aucun secours. Dieu seul, et la sainte Vierge pour qui,
et en conformité de qui il souffrait, étaient toute sa
consolation ; et le geolier charmé de sa douceur, de sa
mortification et de sa patience, se contentait de dire
que son prisonnier était d'une autre espèce que les
autres hommes. Le Seigneur voulant récompenser enfin
son serviteur, lui révela le jour et l'heure de sa pré-

cieuse mort, il demanda qu'on lui fît venir un Prêtre. Celui-ci entrant dans ce cachot, qui ne recevait du jour d'aucun endroit, fut fort surpris de le voir éclairé d'une lumière céleste. Il fut encore plus étonné de voir des rayons de gloire sortir de tout le corps de ce prisonnier. mais ayant entendu sa confession, et l'ayant communié, il ne douta plus de l'éminente sainteté de cet homme extraordinaire. Au sortir de la prison, il court chez le Gouverneur, lui raconte ce qu'il a vu, et déclare qu'on tient dans la prison un trésor caché aux hommes. Le Gouverneur traita d'abord cela de vision. Cependant le bruit s'étant répandu dans la ville qu'il y avait un Saint dans les prisons, les portes furent assiégées de peuple. Le geolier étant descendu au cachot, s'apperçut qu'il était éclairé extraordinairement d'une lumière qui passait par les fentes de la porte. Il l'ouvre et trouve le Saint étendu sur la terre, qui venait de rendre l'esprit à son Créateur, ayant à sa tête et à ses pieds une lampe allumée, et à ses côtés un petit ais où étaient écrits ces mots. *Ceux qui étant frappés de la peste invoqueront mon serviteur Roch, seront délivrés par son intercession de cette cruelle maladie.*

La nouvelle de cette merveille étant rapportée au Gouverneur, il en fut frappé, et ayant raconté à sa mère, aïeule de notre Saint, laquelle vivait encore, ce qui se passait, elle lui dit que si c'était son petit-fils, elle le connaîtrait sûrement. par une croix rouge sur l'estomac, avec laquelle il était venu au monde. La chose fut bientôt vérifiée. Il est aisé de comprendre quels furent les sentimens de douleur, d'admiration, et de joie du Gouverneur, et de toute la ville. On exposa ce saint corps à la dévotion publique sur un lit de parade sous un magnifique dais; et le Gouverneur qui ne pouvait assez condamner sa dureté innocente envers ce cher neveu, lui fit faire de magnifiques funérailles. Chacun voulut avoir la consolation de lui baiser les pieds et de les arroser de ses larmes. Il fut porté comme en triomphe par toute la ville, accompagné du Clergé, de la Noblesse, et de tous les Bourgeois, et enterré d'abord dans la principale Eglise, qui n'était pas alors Cathédrale, le Siège Episcopal étant encore à Maguelone, d'où il ne fut transferé à Montpellier que l'an 1533. Peu après son oncle fit bâtir une magnifique Eglise en son honneur, où ses saintes reliques furent transportées. Ce Saint mourut vers l'an 1319, âgé d'environ 34 ans.

Il y a peu de Saints dont le culte se soit plutôt établi que de celui-ci. La dévotion particulière du peuple à son tombeau commença dès le jour de sa sépulture. Il est vrai que Dieu manifesta bientôt la gloire, et le crédit de son serviteur par un grand nombre de miracles, et surtout par une protection particulière sur tous ceux qui dans un temps de peste ont recours à l'intercession de ce Saint. C'est ce qui a porté la plupart des villes à le prendre pour un de leurs Protecteurs, et à célébrer avec solemnité la fête qui se célèbre le 16 d'août, qui fut le jour de sa mort. Comme la ville de Venise l'avait pris pour un de ses Protecteurs, quelques aventuriers du pays, par une pieuse conspiration, vinrent enlever furtivement à Montpellier une partie de ses reliques; l'autre partie avait été transportée à Arles dans l'Eglise des pères Mathurins ou Trinitaires, par le Maréchal de Boucicaut, d'où il s'est fait une ample distribution de ces mêmes reliques dans plusieurs villes du Royaume.

L'Oraison qu'on dit à la Messe en l'honneur de ce Saint est celle qui suit.

Omnipotens sempiterne *Deus, qui meritis, et precibus beatissimi Rochi Confessoris tui quamdam pestem in homines generalem gratiose revocasti, presta supplicibus tuis, ut qui pro simili peste revocanda ad tuam confugiant fiduciam, ipsius gloriosi Confessoris precamine ab ipsa infirmitate, et ab omni perturbatione liberentur.*

Per Dominum, etc.

Dieu, tout puissant et éternel, qui par les mérites et les prières du bienheureux Roch votre Confesseur, avez fait cesser une peste générale qui désolait tout le monde, daignez accorder à nos très-humbles prières, que tous ceux qui pleins de confiance en votre miséricorde, vous supplient de les préserver d'un semblable fléau, soient délivrés par l'intercession de votre glorieux Confesseur de cette maladie, et de tout ce qui peut troubler leur repos. Par Notre-Seigneur, etc.

L'ÉPITRE.

Leçon tirée du livre de la Sagesse. Chap. 4.

Justus *si morte præoccupatus fuerit, in refrigerio erit. Senectus*

Quand le juste mourrait d'une mort précipitée, il se trouvera dans le repos;

enim venerabilis est, non diuturna, neque numero annorum computata; cani enim sunt sensus hominis, et ætas senectutis vita immaculata. Placens Deo, factus est dilectus et vivens inter peccatores trans atus raptus est, ne malitia mutaret intellectum ejus, aut ne fictio deciperet animam illius. Consummatus in brevi explevit tempora multa; placens enim erat Deo anima illius. Propter hoc properavit educere illum de medio iniquitatum. Quoniam gratia Dei, et misericordia est in Sancto ejus, et respectus in electos illius.

parce que ce qui rend la vieillesse vénérable n'est pas la longueur de la vie, ni le nombre des années, mais la prudence de l'homme qui tient lieu de cheveux blancs et la vie sans tâche est une heureuse vieillesse. Comme le juste a plû à Dieu : il en a été aimé, et Dieu l'a transféré d'entre les pécheurs, parmi lesquels il vivait. Il l'a enlevé, de peur que son esprit ne fut corrompu par la malice, et que les apparences trompeuses ne séduisissent son âme. Ayant peu vécu, il a rempli la course d'une longue vie, car son âme était agréable à Dieu ;

c'est pourquoi il s'est hâté de le tirer du milieu de l'iniquité; car la grâce de Dieu, et sa miséricorde est sur les Saints, et ses regards favorables sont sur ses élus.

L'EVANGILE

La suite du saint Evangile selon saint Mathieu. Ch. 9 et 10.

In illo tempore : Circuibat Dominus Jesus civitates, et castella, docens in Synagogis eorum, et prædicans Evangelium regni, et curans omnem languorem, et omnem infirmitatem. Videns autem turbas, misertus est eis, quia erant vexati et jacentes sicut oves non habentes pastorem. Tunc dixit Discipulis suis: messis quidem multa, operarii verò pauci, Rogate ergo Dominum messis ut mittat operarios in messem suam. Euntes autem prædicate dicentes: quia ap-

En ce temps-là Jésus parcourait toutes les villes et les bourgades, enseignant dans leurs Synagogues, prêchant l'Evangile du Royaume, et guérissant toutes sortes de maladies, et d'infirmités. Alors voyant des troupes de gens, il eut pitié d'eux, parce qu'ils étaient fatigués, et couchés par terre comme des brebis qui n'ont pas de pasteur. Là-dessus il dit à ses Disciples: la moisson est grande à la vérité, mais le nombre des travailleurs est petit. Priez donc le Maitre de la moisson d'envoyer des *propinquavit regnum cœlorum. Infirmos curate, mortuos suscitate, leprosos mundate, dæmones ejicite ; gratis accepistis, gratis date. Ecce ego mitto vos sicut oves in medio luporum Estote ergo prudentes sicut serpentes, et simplices sicut columbæ.*

ouvriers dans la moisson. En allant, publiez que le royaume des Cieux est proche. Guérissez les malades, résuscitez les morts, rendez nets les lépreux, chassez les démons; vous avez reçu gratuitement, donnez gratuitement. Soyez donc prudens comme des serpens et simples comme des colombes.

LITANIES DE SAINT ROCH.

SEIGNEUR faites nous miséricorde.
Jésus-Christ faites nous miséricorde.
Seigneur, faites nous miséricorde.
Jésus-Christ, écoutez nous.
Jésus-Christ, exaucez nous.
Dieu le Père, créateur du monde, ayez pitié de nous.
Dieu le Fils, Rédempteur du monde, ayez pitié de nous.
Dieu le Saint-Esprit, sanctificateur du monde, ayez pitié de nous.
Très Sainte Trinité, en un seul Dieu, ayez pitié de nous.
Sainte Vierge Marie, priez pour nous ,
Sainte Vierge des Vierges, priez pour nous.
Saint Roch.
St. Piat.
St. Eleuthère.
St. Eloi.
St. Adrien.
St. Sébastien.
St. Macaire.
St. Charles Borromée.
St. François.
Ste. Agathe.
Ste. Barbe.
Ste. Rosalie.
Tous les Saints et Saintes du Paradis,

} priez pour nous.

De tout air corrompu,
Des odeurs de la fièvre.
De la dissenterie.
De la peste et de l'épidémie.

} délivrez-nous, Seigneur,

De toutes maladies contagieuses.
D'une mort subite et imprévue.
De la damnation éternelle.
Par les mérites éminents de votre serviteur
    Roch.
Par sa rigoureuse pénitence.
Par ses austérités multipliées.
Par son ardente charité envers les pestiférés.
Par sa patience admirable.
Par son courage héroïque dans la prison.
Par le pouvoir que vous lui avez accordé
    contre la peste.   *délivrez-nous, Seigneur.*

Agneau de Dieu, qui effacez les péchés du monde,
    pardonnez-nous, Seigneur.
Agneau de Dieu, qui effacez les péchés du monde,
    exaucez-nous, Seigneur.
Agneau de Dieu, qui effacez les péchés du monde,
    ayez pitié de nous.
Jésus-Christ, écoutez-nous.
Jésus-Christ, exaucez-nous.
Seigneur, ayez pitié de nous.
Jésus-Christ, ayez pitié de nous.
Seigneur, ayez pitié de nous. Notre père…

℞ Saint Roch, priez pour nous,

℣ afin que nous soyions préservés de toutes maladies
    contagieuses.

ORAISON DE LA CONFRÉRIE.

BIENHEUREUX St. Roch, confesseur de Jésus-Christ'
je N: vous choisis aujourd'hui pour mon protec-
teur et mon avocat particulier; je me propose fermement
de ne vous abandonner jamais; je vous supplie de me
recevoir pour votre serviteur, de m'assister en toutes
mes actions et m'obtenir de Dieu les grâces nécessaires
pour observer fidèlement mes devoirs de chrétien et les
règles de votre confrérie, délivrez moi aussi de toutes
maladies contagieuses et de mort subite, enfin aidez-moi
à l'heure de mon trépas. Ainsi-soit-il.

PRIÈRE A St. ROCH.

GRAND Saint, détournez, nous vous en prions, de dessus nos têtes criminelles, les fléaux du Seigneur; préservez, par votre intercession, nos corps des dangers de la peste, mais encore plus nos âmes de la contagion des vices et du mauvais exemple ! obtenez nous la salubrité de l'air, mais avant tout la pureté du cœur : aidez-nous à faire un bon usage de la santé, à supporter les maladies avec patience, à chercher surtout la guérison de nos langeurs spirituelles, à vivre comme vous dans l'exercice de la pénitence et de la charité, pour jouir avec vous de la gloire et des délices immortelles, que vous ont méritées vos vertus. Ainsi soit-il.

IMPRIMERIE DE A. PRIGNET, RUE DE MONS, 9,